JN163626

古典から生まれた新しい物語 × 冒険の話

墓場の目撃者

日本児童文学者協会・編
黒須高嶺・絵

目次

墓場の目撃者　森川成美――5
小さな見張り人　中川なをみ――33
青色のリボン　濱野京子――63

星鏡の剣士　越水利江子――93
〈古典への扉〉つかのまの夢のような　宮川健郎――120

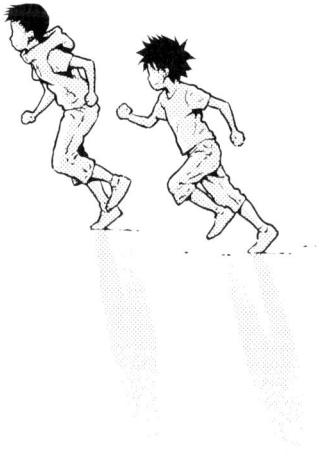

このシリーズについて

この本に収められているお話は、四人の作家が古典作品からインスピレーションを得て創作したものです。「古典をヒントに新しくつくられたアンソロジー」といいかえてもよいでしょう。

それぞれの物語の最後に、作者からのメッセージがあります。ここで、作家はどの古典作品をとりあげて執筆したのかを明かしています。それらは時代や国を問わず、また、文学作品だけでなく、民話や伝説など幅広いジャンルからえらばれています。だれもが知っている有名な作品もあれば、あまり聞いたことのないものもあるはずです。どんな古典なのか、予想しながら読んでみるのもおもしろいでしょう。

また、巻末には、古典にふれる案内として、解説と本の紹介ものせました。作品を読んで、その物語が生まれるきっかけとなった古典に興味をもった読者は、ぜひ、そちらのほうにも手をのばしてみてください。

編者／日本児童文学者協会
編集委員／津久井惠、藤真知子、宮川健郎、偕成社編集部

墓場の目撃者

森川成美

「なあ、斗真。行こうよ。火の玉見られるなんて、そうない」
「え、今から？」
「もちろんさ。猫の死体があるときなんて、そうない」
セイが「そうない、そうない」を連発するので、ぼくはついつい、行く気になった。
あたりはもうすっかり暗い。自転車をならべて、山の中にあるお寺をめざす。
セイの自転車の前かごに入っているのは、ううっ、気持ち悪い。死んで棒みたいにつっぱらかった猫だ。
昔、墓地に死体がうめられたときには、かならず火の玉が出たもんだ、とセイはおばあちゃんに聞いたらしい。とはいっても、いまどきは、死体を土にうめたりなんてしない。だけど、セイは知恵がはたらく。死体は、猫のだってかまわないじゃないかと。そして今日ついに、セイは山道で車にはねられたこいつをひろったのだ。
セイは、ぼくと同じく四年生だ。
——セイくんちに行ったらだめよ、わかってるわね。
うちのおかあさんは、いつもいう。おかあさんのセイに対する態度は、超不公平だ。

おかあさんが書く記事は、正義とか愛とかに満ちあふれているくせに。

セイんちのおかあさんは、ずいぶん前にどこかに出ていったきり、帰ってこない。セイはおばあちゃんと二人で暮らしているが、おばあちゃんはセイにあまいので、セイはやりたい放題だ。夜中でも外をうろうろしていて、学校には気が向いたときしか来ない。

ぼくの両親は、ここ、やまなみ市でミニコミ紙〈やまなみタイムズ〉を発行している。地元の話題を記事にして、広告をとってのせる新聞だ。記者はおかあさんだけ、事務員はおとうさんだけの新聞社だけど、ちゃんと取材をしたり、イベントの企画を立てたりもする。二人はいつもいそがしい。

ぼくは、いつも夜中まで一人で留守番だ。特に、夕方からあとは、たまにセイが来るのが、ぼくの楽しみなのだった。今日、セイは火の玉を見に行こうと、呼びに来たのだ。

お寺についた。本堂には明かりがついている。だけど、ぼくらは門の前を素通りして、うらの墓地にまわった。入り口のだいぶ手前で自転車をおりて、草むらにかくす。

墓地は真っ暗だ。それでも、月明かりでお墓は見える。
「さあ、死体をうめるんだ」
「どこに？」
ぼくは、家から持ってきた砂遊び用の黄色いシャベルを、ぎゅっとにぎりしめた。
「こっちだ」
ついていくと、空いた区画があった。ぼくはシャベルで、セイはお墓に立ててある木切れをとってきて、かたい地面を掘った。
ちょうどの大きさの穴をあけ、猫をうめて、土をかけてふみしめたところで、自動車のライトが光った。車のエンジン音がとまる。ドアのしまる音がする。
「だれか来るよ」
お坊さんかな。ぼくらは、お墓のあいだにかくれた。
しばらくすると、二人分の影がゆっくりと墓地に入ってきた。お坊さんじゃない。長い髪の背の高い男と、でっぷり太った背の低い男だ。
「なにも、こんなところに連れ出さなくてもいいじゃないか、相原」

背の低いほうの声には、聞き覚えがある。中川医院の先生だ。うちも前はかかっていたけれど、いつもお酒くさいから診察をまちがえそうだと、おかあさんがいやがって変えたのだ。

「屋敷おじいは、ここに住んでるみたいなもんですから。あ、来ました」

本堂のうらのほうからひょこひょこと来る、もう一つの影は、みんなが屋敷おじいと呼んでいる人だ。〝屋敷〟とは〝ゴミ屋敷〟の略だ。自分の家がゴミでうまって住めなくなって、公園や軒下を泊まり歩いている。本堂のお供え物を勝手にとって食べるからこまるんだ、という話を、おとなたちがしていたっけ。でも、注意すると怒ってなぐりつけたりするので、だれも何もいえないのだ。

でも、なんで中川先生と屋敷おじいが、こんなところにいるんだろう？

「満月ではないが、いい月ですな。月見で一杯。風流なことで」

屋敷おじいは、ごきげんな声を出した。かちゃかちゃとコップの音がする。お酒を飲みはじめたってこと？　ぼくはセイと顔を見合わせた。どうしよう。

帰りたいが、三人の前を通らなければ、墓地の外には出られない。

どのぐらい時間がすぎたのだろう。しゃがんでいる足が、しびれてきた。セイも、足を浮かせたり、もじもじしたりしている。

屋敷おじいは、おはしでコップをたたきながら、いい調子で民謡なんてうたいはじめてしまった。そのうち、急に静かになった。寝てしまったんだ。

「今度は、この人に病気になってもらわないと、ねえ、先生」

長い髪の男がいった。相原というやつだ。屋敷おじいがわざと病気になって、中川先生にかかるっていうこと？

「いやあ、もうやめだ。ごまかしをやれば、医師免許が取り消しになる。いや、それどころか逮捕されるんだぞ」

中川先生は大きな声を出した。

「乗りかけた船だ。降りてもらっちゃ、こまります」

相原の低い声には、ぞっとするひびきがあった。

「いや、ぼくは、やめるといったらやめるんだ」

「そんなこと、いえるんでしょうかね、先生」

相原は、さらに声を低くした。
「二年前、盲腸じゃなかったのに、おれの腹を切ってしまったこと、あれは誤診っていうものじゃありませんかね」
「それは、ちゃんとあやまっただろう」
「こっちは、だれにいっても、かまいませんがね」
「たのむ、いわないでくれないか……患者がへって、生活にもこまっているんだ」
「しかたないんじゃありませんかね、本当のことですから、知られても」
「いや……ぼくにも良心というものがある。よし、わかった。覚悟を決めた。今までのこと、すべて正直に警察に話すよ」
中川先生は、立ちあがろうとしたようだ。そのときだ。相原が、きらりと光るものをふりあげるのが見えた。ぼくはどきりとした。あれは包丁だ。
「いや、話されちゃ、こっちはこまるんだ」
「ど、どういうことだ」
「こういうことですよ」

みょうな間があって、「うっ」という、うめき声がした。
どさっと人のたおれる音がする。ま、まさか。相原が中川先生を刺した？
その相原は、今度は寝ている屋敷おじいの上にかがんで、もそもそと動いていた。
そのときだ。
屋敷おじいが、むくっと起きあがった。さわぎに目が覚めたのだろう。
だけど、急に大声をあげたのは、なぜか屋敷おじいではなく、相原だった。
「お、おまえ、なんてことをしたんだ」
「え？　中川先生がたおれてる。どうしたんですか？」
「どうしたもこうしたもない。おまえが急に怒って、その包丁で刺したんだろ」
「そ、そんな」
屋敷おじいが、手にした包丁を遠くにほうり投げるのが見えた。そうか、さっき、相原が屋敷おじいの上にかがんでいたのは、あの包丁を屋敷おじいににぎらせていたんだ。
「あ、ああ、まさか、おれが、まさか、こんなことを」

「本堂に行って、電話してくれといってくる」
相原は、本堂のほうに向かってかけていく。屋敷おじいも、ちょっとおくれて、よろよろとあとを追いかけていった。
「斗真。今だ、帰ろう」
セイがぼくの腕をひっぱった。ぼくも同時に立ちあがった。二人でころげるように走って、墓地を出る。自転車を草むらから引きだすと、全力でひたすらこいだ。ちょうど、ぼくの家の門のところまで来たところで、ピーポーピーポーとサイレンの音が通りすぎていった。救急車だ。お寺が呼んだのだ。
セイが、ひきつった顔で、ぼくに右手の小指をつきだした。
「なあ、斗真。このことは、だれにもいわないって約束しよう。おれたちが見たって知られたら、まずいよ。相原はこわいやつだ。復讐してくるよ」
「わかった、約束する。だれにもいわない」
ぼくは自分の右手の小指をセイの小指にからませて、いきおいよくふったのだった。

中川先生は結局、亡くなってしまった。
その話を聞いたとき、ぼくは思わずふるえた。
ぼくらは、本物の殺人事件を見てしまったのだ。
屋敷おじいは、警察につかまった。裁判員が決まって、やまなみ地方裁判所で裁判がはじまった。
おかあさんは、裁判のようすを〈やまなみタイムズ〉の記事にすると、はりきっている。
「傍聴券をとるから、斗真もならんで」
東京からたくさん記者が来るかもしれない、というのだ。裁判はだれでも見られるけれど、見たい人が多いときは、抽選になるらしい。
ぼくはいやだったけれど、夏休みだし、ことわる理由はないから、しかたなくいっしょに裁判所に行った。なのに、やまなみ市にとっては大事件でも、全国的にはたいしたことのない事件だったらしく、いざ行ってみれば、ならんでいる人は少なかった。
おかあさんもぼくも、すんなり抽選に当たってしまい、ぼくは帰るよといったのに、おかあさんは、いい社会勉強だから見ていきなさい、といいはった。
「傍聴っていうのは、子どもだってできるのよ」
なんだかわからないうちに、ぼくは裁判所の法廷というところに入らされた。
低い柵の手前の席に、順番にすわる。
裁判員の人が正面のとびらからぞろぞろ入ってきて、奥のいちばん高いところにならんだ。
裁判長は、おかあさんと同じ年ぐらいの女の人だ。最後に出てきて、まんなかにすわった。
裁判がはじまった。屋敷おじいは、ときどき呼ばれて、ぼくらにおしりを向け、裁判官と裁判員を見上げて、小さな声でもそもそとしゃべった。
むずかしいことはよくわからないけれど、あの包丁は、屋敷おじいが、おつまみにするハムを切ろうとして家から持ってきたもので、指紋もついていたということがわかった。なにより屋敷おじいは、自分がやったと思いこんでいた。
「今日で終わるな。罪は認めてるし、かんたんな事件だよ」

となりの人が、知ったふうにそうつぶやいた。でも、ぼくは、うしろめたい気分で、屋敷おじいの後ろ姿を見ていた。背中をまるめて小さくなり、ふるえている。

ぼくは知っている。この人はやっていない。殺したのは、相原だ。

だが、証人として出てきた相原は、けろりとした顔で、こんなことをいった。

「中川先生が『ばか』といったんで、この人はかっとして、包丁を手にとり、刺したんです」

裁判員の人たちは、うんうんとうなずいている。

「あなたは、とめなかったんですか？」

弁護士さんが聞いていた。あごひげを生やした、蝶ネクタイの人だ。

「とめるひまもありませんでした」

相原は答えている。

「それだけ急だったということですね。反対尋問を終わります」

弁護士さんは、あごひげをさわりながらそういうと、納得したようすでひきさがっていた。

これでいいんだろうか。ぼくの心がざわざわする。
中川先生を殺したのは、本当は相原だ。そのことを知っているのは、相原のほかには、ぼくとセイしかいない。でもぼくは、だれにもいわないとセイに約束してしまった。
見たといえば、セイとの約束をやぶることになる。
だけど……。
今、屋敷おじいの足は、まるで足ぶみしているように、がたがたとふるえていた。
「何か、いいたいことはありませんか？」
裁判長はやさしく聞いている。
「お、お、おれは、死刑になるんですか？　おねがいです、死にたくない……」
「それは、これから決めますからね。もし、いいたいことがあるなら、いまのうちに」
それはまるで、ぼくに向けていっているみたいに思えた。
これで決まってしまうんだ。
もしぼくがだまっていたら、ひょっとして、屋敷おじいは死んじゃうかもしれないんだ。
でも、屋敷おじいは何もやってない。
やったのは、相原だ。
セイと約束したけれど、やっぱりだまっているわけにはいかない。
ぼくは、大きく息をすうと、立ちあがった。
正面を見て、ふるえる声をはりあげた。
「あのー、ぼく、お墓にいました。見たんです。この人じゃないです。その人が」
ぼくは、傍聴席にうつった相原を指さした。
「中川先生を刺していました」
そのとたんだ。
相原がものすごいいきおいで立ちあがり、弾丸のように外にとびだしていった。
「休廷にいたします」
裁判長が、ちょっとあわてたようすでいった。

ぼくは、蝶ネクタイの弁護士さんの事務所につれていかれて、セイのこと以外、ぜんぶ話した。ぼくがそこにいたという証拠に、猫の死体が墓地から掘り出された。ぼくはそれに立ち会ったり、署名したり、裁判で証言したりした。

結局、屋敷おじいは無罪になった。すごく喜んで、メロンを持ってうちにあいさつに来て、おかげでたすかった、ぼっちゃんのためならなんでもする、なんていった。

東京からテレビ取材班がたくさん来て、ぼくにインタビューをしたいといったが、おかあさんはぜんぶことわった。自分もせっかく取材したのに、なぜか〈やまなみタイムズ〉には、裁判の記事を書かなかった。

ぼくは、夏休みのあいだずっと、家ではなく、〈やまなみタイムズ〉の事務所ですごすことになった。

「一人で外に出てはダメ。墓地も猫もダメ」

そう、いいわたされた。

警察が指名手配して、あちこちさがしているというのに、相原はさっぱり行方がわからなかった。セイも怒っているのか、ぼくの前には姿を見せなくなった。

夏休みも終わりに近づき、近くのやまなみ鍾乳洞への親子遠足の日になった。〈やまなみタイムズ〉が毎年やっているイベントだ。

ぼくは行きたくない。参加するのは、ちびばかりだ。だけど留守番もこわい。毎晩、相原が夢に出てくる。あのときのように中川先生を刺し、そのあと、ぼくのほうをふりかえる。そして、「しゃべったな」といいながら、包丁をかざして、ぼくに向かってくるのだ。

ぼくは、しかたなくでかけた。〈やまなみタイムズ〉と書いた三角の旗を持たされて、先頭を歩く。

「斗真、もっとゆっくり歩いて。小さい子がついていけないから」

ときどき、列の最後を歩くおかあさんにしかられる。

ぼくは、さっきから先のほうにちらちらと見える人影が気になっていた。木立から出たり入ったりしている。そのたびに、こっちをふりかえっている。顔は見えないが、長い髪のおとなだ。

相原か？

ちょっと足がふるえた。そのうち、人影は見えなくなった。

鍾乳洞の入り口で入場料をはらい、懐中電灯を一人一本ずつ受けとった。洞窟の中に入る。ちびたちが、わあー、きゃあ、とさわぐ声が、こだまして何倍にもなってうるさい。

「斗真は足が速すぎるから、いちばんうしろからいらっしゃい」

おかあさんにいわれて、ぼくは場所を交代した。

鍾乳洞の公開部分は、そんなに長くない。十五分もすれば、くるりとまわれてしまう。出口は川岸のがけにあいている。おとうさんは出口で待っていて、出てくる参加者を一人ずつ、記念写真に撮る手はずになっている。

おかあさんを先頭に、ぼくらは、ゆっくりすぎるほどゆっくり進んでいった。

中には、一か所だけ天井の低いところがある。ぼくが前の人につづいて、そこをくぐろうとしたときだ。

ぼくのTシャツの肩に、冷たい手がかかった。

「こっちに来い」
おし殺したような低い声だ。
ぼくは猫みたいにとびあがった。声も出ない。相原か？
「まっすぐ行ったらだめだ。相原が中で待ちぶせてる」
つづいた声は聞きなれたものだった。セイだ。
ぼくは、ほっと息をはいた。相原じゃなくてよかった。
だが、セイはぼくの肩をつかんだまま、立ち入り禁止の柵のほうへ、どんどんひっぱってゆく。鍾乳洞の立ち入り禁止の部分は、迷路になっている。だれも行ったことのない場所もたくさんあって、そこには、ついに出られなかった人の骸骨があるという話だ。
「ほんとに、相原がいたの？」
「そう、あいつはずっと、このあたりにかくれてたんだ。オレは知ってた」
やっぱり、さっき道の先に見えたのは、相原だったんだ。
こうなったらしかたない。こんなところで相原と鉢合わせするのは、ごめんだ。

ぼくは、セイについて立ち入り禁止区域に入った。
洞窟の天井から、人の足ぐらいの鍾乳石がつららのようにさがっていた。地面には水がたまっていて、つるつるとすべった。
セイはどんどん先に進み、ぼくはすべってころびそうになりながら、追いかける。
やっと、かわいた斜面をみつけて、ならんですわった。
「セイ、ごめん。指切りしたのに、約束やぶって」
ぼくは懐中電灯の薄明かりの中で、ひさしぶりのセイの表情をうかがった。
「かまわないよ。オレだって、気になってたんだ。屋敷おじいがたすかってよかった」
セイはそういって、ぼくのほうを見て、にっこりした。ほっとする。
「でも、こわいのは相原だよ、斗真。絶対、復讐してくる」
やっぱりか。絶対か。
「斗真、懐中電灯、消して」
セイが急に、するどい声でそういった。ぼくは懐中電灯のスイッチを切った。
あたりは真っ暗になった。まったく光がない。目の中に火花が散ったので、びっくりする。ぼくは目をこすった。火花なんて、あるわけはない。本当に真っ暗だと、こういう幻が見えるんだな。

だが、それもちょっとの間だった。前をふうっと横切る明かりが見えた。

今度は幻じゃない、本物の明かりだ。

長い髪の男が、懐中電灯を持ってかがみ、進んでゆく。

相原にまちがいない。ぼくをさがしてるんだ。そう思うと、どきどきしてきた。

「こっちへ行こう」

セイは聞こえるか聞こえないかの声でいって、相原と反対のほうを指さした。

ぼくらは、懐中電灯を消したまま、そっちへ進んだ。音がしないように、水たまりをはねないように歩くのはむずかしい。スニーカーは、すぐにびちょびちょになった。

進むにつれて、だんだん暗くなるが、暗いほうが安心できるような気がした。

やっと真っ暗になった。目の中にまた、火花の幻が見えてきた。

だが、そのときだ。うしろから急に光がさした。

人の足音が、光と水音といっしょに近づいてくる。

どういうことだろう。
相原は、あっちに向かっていったのに。
迷路になっているから、まわりまわって、同じところに出たのかもしれない。
「おまえらかあああ、おぼえてろおおお」
洞窟の中に、大きな声がこだました。
相原にまちがいない。
セイもぼくも、全力で走りはじめた。うしろの足音もついてくる。
はあはあ、ばちゃばちゃという音が洞窟の中にひびく。だれの息か、どちらから聞こえるのか、何人なのかもわからない。
いったい、どこをどうまがったのか。必死で走るうち、ぼくは気がついた。
セイがいない。はぐれたんだ。
ぼくは懐中電灯をつけようとして、はっとした。何も持っていない。
しっかりにぎっていたはずなのに。懐中電灯を落としてしまった。
これじゃ、自分の手さえ見えない。

どうしていいかわからなくなって、水たまりの中にすわり、ひざこぞうをだいて泣いた。

泣き声は洞窟の中にこだました。

急に、バサバサという音がした。

だれか助けに来てくれたのか。

それとも相原か。

もう、だれかに会えるなら相原だっていいかもしれない、いや、やっぱり相原はおそろしい。殺される。ぼくは息をとめて、耳をすました。

音は洞窟の中をひびきわたると、天井あたりでぴたりととまった。

コウモリだったんだ。

がっかりだ。それから、どれぐらい時間がたったのだろう。ぼくは、うとうととねむってしまったらしかった。

目がさめると、ひどくおなかがすいている。

おしりが水につかっていたせいで、寒い。夏なのに、体のしんがふるえている。

このままじゃ凍え死ぬ。そして、ぼくが死んだことさえ、だれも知らないで、骸骨になってしまうんだ。なんとかしなきゃ。

ぼくは、ふと気がついた。腰に当たる地面の水は、ゆっくり流れていた。

鍾乳洞の出口は川に面しているのだから、水はひょっとして川に注いでいるのかもしれない。ぼくは立ちあがった。そして、流れの方向に向かって歩きはじめた。

だいぶ歩いたときだ。

「とー、まー」

かすかな声が聞こえた。光が見えた。だれかがさがしている。ぼくはそっちに向かって走りだした。

「斗真、斗真」

ライトつきのヘルメットをかぶったおとうさんが、洞窟の中をかけてくる。

よかった。助かったのだ。ぼくは、おとうさんにしっかりだきとめられた。

セイが自力で外に出て、すべてを話してくれていたのだった。レスキュー隊や近所の人が、みんなで洞窟の中をさがしてくれていた。

ところで、相原のほうは、どうなったのか。
それ以来、相原を見た者はいなかった。
警察が、洞窟の中や外をさがしたが、相原はみつからなかった。そのうち、指名手配のポスターもだんだん色あせてきた。どこか遠くに逃げたのだと、みんなはいった。セイもそういった。このあたりにいるのなら、ぼくらのところに来るはずだからと。
そうかもしれなかった。
だけど、ぼくはときどき思う。相原は洞窟の奥で、骸骨の一つになっているのかもしれないと。

◆作者より

『トム・ソーヤーの冒険』は、アメリカを代表する作家マーク・トウェイン（一八三五年―一九一〇年）が、南北戦争直前のアメリカ中西部の町を舞台として書いた小説です。日本では、安藤広重が浮世絵『東海道五十三次』を描いたころの時代でした。

いたずらなトムと自由人ハックの、二人の友情と冒険を描いており、現在でも、映画やアニメ、ゲーム、テーマパークのアトラクションなどの題材となっています。原作はかなり長く、ここであつかった殺人事件・裁判・犯人からの逃走というミステリー要素のほか、いかだでの漂流、宝さがし、トムの恋、学校生活や家庭生活などが織りこまれています。作者はまえがきで、冒険の大半は自分や学校友だちに実際に起きたできごとだ、と述べています。

トウェインの作品にはほかに、ハックのほうを主人公とした続編『ハックルベリイ・フィンの冒険』や『王子と乞食』などがあります。

小さな見張り人

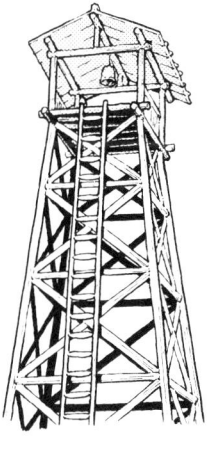

中川なをみ

平太はきょうも、火の見やぐらを見あげていた。短くなった着物のすそから、細い足が二本、ぬっと出ている。わらぞうりも古くて、いつやぶれてもおかしくないほどだった。

「父ちゃん、どうしよう……」

平太は、半月前に死んだ父ちゃんに語りかけながら、これからどうしたらいいのかわからなくて、こまりきっていた。

「おれ、高いところはきらいなんだ。父ちゃん、知っているだろう?」

火の見やぐらの向こうで、トンビがゆっくりと輪を描いている。

「いいなぁ、空を飛べるなんて。高いところなんか、へっちゃらなんだろう?」

トンビに語りかけても、父ちゃんに話しかけても、だれも返事をしてくれない。

平太は、やぐらにつづくはしごに片足をのせてみた。

「いくらこわがりでも、まだ大丈夫だよ」

二段、三段とあがったものの、四段目に足があがらない。足もとを見ると、地面がずっと下の方にあった。自分の体が宙にういているようで、こわいったらない。

平太は、はしごにしがみつくと、ぎゅっと目をとじた。するとたちまち、またあの日のことが目にうかんできた。

夏のあつい日の午後だった。

ひとりで火の見やぐらまでやってきた平太は、まわりをきょろきょろして、だれもいないのをたしかめた。

「よーし、いくぞー」

父ちゃんのように、いつか火の見やぐらにのぼってみたかった。父ちゃんは「あぶないから、ぜったいにだめだ」というけれど、平太はのぼってみたくてしかたない。

はしごに足をのせて、どんどんあがっていった。一段あがるごとに空に近づいていくようで、とても気持ちがよかった。

やぐらまで、あともうちょっとだった。

「なーんだ、かんたんにのぼれるや」

そう思ったとき、片足のぞうりが足からはずれた。下を向いて、落ちていくぞうりを見ているうちに、今度は手がすべった。

「ああーっ」

気がついたら、はしごの下に自分が落ちていた。手足にきずをつけて、おしりがひどく痛かったけど、親にはばれなかった。でも、手がはしごからはなれたときのこわさは、今でもはっきりと覚えている。死んでしまうと思った。

あのときから、平太ははしごがこわくてたまらない。高いところが苦手になった。

平太は、はしごにしがみついて、わなわなふるえていた。

「たすけてよー」

あまりのこわさに、大きな声も出なかった。

はしごをおりればいいのだ。それはよくわかる。けれど、足がもう動かなかった。

「平ちゃん」

うしろで、だれかがよんでいた。

「平ちゃん」

うしろをふりむきたいけど、今にも、はしごごとたおれそうなのだから、こわくて身動きできない。
「平ちゃん、どうしたんだよ」
「よ、よっちゃん？」
となりの家の吉松らしい。
「なんで、はしごにだきついてるの？」
「お、おねがいだから、はしごを持ってて。はしごがたおれないように、しっかり持っててくれる？」
「いいよ。でも、はしごはたおれないよ」
吉松がはしごをささえていると思うだけで、平太のこわさはふっとんだ。ほんの三段しかのぼっていないのに、下におりた平太は汗でびっしょりになっていた。まだ桜が咲きだしたばかりなのに、平太の体はあつくてたまらなかった。
平太と吉松は、ならんではしごの下にすわった。
吉松が着物のふところから、竹の皮のつつみをとりだした。竹の皮をひらくと、中からふたつのにぎりめしが出てきた。

「平ちゃん、いっしょに食べよう」
「え？　いいの？」
「うん、母ちゃんが、平ちゃんと食べなって、つくってくれたんだ」
「ありがとう」
父ちゃんが死んでから、吉松の母ちゃんがよく気にかけてくれていた。
平太の母ちゃんは、村の家々でたのまれ仕事をしている。ほとんどは田んぼや畑の農作業の手伝いだったが、たまには、婚礼や葬式で、料理などの下準備をたのまれることもあった。
春先は農家の作業が多くて、平太がまだ寝ているうちに、母ちゃんは仕事に出かけていった。
吉松がにぎりめしをほおばりながら、平太に話しかけた。
「平ちゃん、なんで毎日、ここに来るんだよ」
「だって、この火の見やぐらにのぼれないと、こまるじゃないか」
「どうしてこまるんだよ」

吉松には、平太が火の見やぐらにこだわるわけが、わかっていなかった。
村のまんなかにある、この火の見やぐらは、平太のひいおじいさんが建てたものだった。
村から村へ薬を売り歩いていたひいおじいさんは、あるときから薬売りをやめて、この村に住みついた。
平太は、父ちゃんから聞いた話を思い出しながら、吉松の方へ顔を向けた。
「よっちゃん、おれっちと火の見やぐらの話、聞いたことある？」
「なんだよ、それ。知らねえよ」
「聞いてくれる」
「ああ」
平太は吉松を相手に、父ちゃんから聞いたことを、ぽつりぽつりと話しだした。
平太のひいおじいさんは、作造といった。
ある日、作造は村長の家をたずねた。
「わたしは、ほうぼうの村を見てきました。村にとってこわいのは、火事と戦です。

どちらも、早くにわかったら、村のためになります」

「そんなことはわかりきっとる。しかし、早くにわかるなど、できないことだ」

この村は、何年か前に、村の半分の家を火事で失った。山火事に気がつかなくて、村人が火を見たときには、もう消す方法がなかった。

戦にまきこまれて、刈りとるばかりになっていた田んぼの稲を、たくさんだめにしたこともあった。街道に近いこの村は、ときどき、戦場へ行く兵隊たちにふみ荒らされる。

作造は今まで、この村に来ると、いちばん最初に村長の家へ行った。村長が村で力をもっているからというだけではなくて、その人柄にほれたのだ。

作造は、村人を思う村長のことばに感動し、自分もいつか他人の役に立つようになりたいと思っていた。

村長も、作造の話を聞くのが楽しみだった。広い世界で見たり聞いたりした作造の話は、村長にとてもためになった。

「村長さま、この村に、うんと高い火の見やぐらを建てたらどうでしょう」

火の見やぐらというのは、火事が起きたときにその場所をたしかめたり、日ごろから火事がないか見張る場所にもなる。また、戦場が近ければ発見できるかもしれないし、あやしい人が村に来るのを見つけることもできる。

村長も、いつか火の見やぐらをつくりたいと思っていた。しかし、百姓しかいない村人だけで、がんじょうな火の見やぐらをつくるのは無理だし、村の外から人をたのむのは、お金がかかりすぎた。

作造が身をのりだした。

「わたしに、火の見やぐらをつくらせてください。きっと、高くて丈夫なものをつくります」

「なぜ、あんたが？　村人でもないのに」

「この村の人間になりたいのです。どうか、住んでもいいといってください」

作造のねがいが、村長にはわからなかった。日本じゅう、どこでも好きに動ける自由が、村長にはうらやましかったのだ。

でも、作造はちがった。このごろ、旅のくらしがつまらなくなってきた。住むところを決めて家を建て、となり近所の人とつきあいながら、くらしていきたくなった。毎日、同じ景色を見ながら、見知った人たちとなかよくくらしていけたら、どんなに幸せだろうと思う。

村長から、この村に住んでもよいというゆるしは、なかなかもらえなかった。それでも、作造はあきらめないで、何度も村長におねがいをした。

作造の両親は、作造が子どものころに亡くなっている。多くの人がしているように、自分も住むところを定めて家族をもち、ふつうにくらしていきたかった。

作造が本気でこの村に住みたがっているとわかった村長は、作造に念をおした。

「よその人間を、かんたんに受け入れるわけにはいかねえぞ。火の見やぐらは、ほんとうにつくれるのか」

「はい。火の見やぐらをつくって、毎日、やぐらで見張ります。子どもができたら、その子にも見張りをさせます。そのまた子どもにも見張りをさせて、きっと、村の役に立ちます。これは約束です」

村長は、作造の約束を村人に伝えた。どうにか村人たちが作造を受け入れたのは、やはり、火の見やぐらの話があったからだった。

そうして、三十二歳のとき、作造はこの村に越してきた。

平太の長い話を、吉松はときどきうなずきながら、静かに聞いていた。

「じゃあ、平ちゃんも、父ちゃんみたいに見張りをやるのか？」

平太の父ちゃんもまた、母ちゃんと同じように、村の家のたのまれ仕事をしてくらしを立てていたが、父ちゃんは、火の見やぐらで見張りをするのが一番の仕事だと思っていた。どんなにいそがしいときでも、朝と昼と夕方の三回は火の見やぐらにのぼったし、仕事のないときは、やぐらの上ですごす時間が長かった。

父ちゃんがぼやを見つけて、火事にならなかったことは何度もある。その父ちゃんも、もう死んでしまった。

吉松が体をねじって、やぐらを見あげた。

「今度は、平ちゃんの番てこと？」

「そうだなぁ……」

「なんだ、いやなのか？」
「いやじゃないよ。いやじゃないけど……」
「なんだよ、どうかしたのかい？」
「うん、それが……」
はっきりしない平太に、吉松がぐさりという。
「平ちゃん、こわいんだろ？」
平太は下を向いたまま、ぼそっといった。
「そうだよ、高いところがこわいんだ」
いいながら、平太は、自分がはずかしくてならなかった。
吉松は、まだやぐらを見ていた。
「高いよなー。おれだって、こわいや」
「えーっ、よっちゃんでも、こわいの？」
「あたりまえだろ？　平ちゃん、子どもには、見張りは無理だよ」
「そうかなぁ」

返事をしながら、平太は、そんなふうに考えられたら、どんなにいいだろうと思っていた。

ひまさえあれば、やぐらにあがっていた父ちゃんの姿が、平太の目に焼きついている。

「よそ者を村の人間にしてくれた恩を、忘れちゃいけん。村長さんとの約束を忘れちゃいけん」と、父ちゃんは口ぐせのようにいっていた。

平太も小さいときから、自分もいつかは火の見やぐらにのぼって、見張りをするんだなあと思っていた。この家に生まれた子どもに決められた仕事だとも思っていた。

吉松が立ちあがった。

「平ちゃん、もう、うちに帰ろう」

太陽が西にかたむいていた。

「そうだね。帰ろう。よっちゃん、にぎりめし、ありがとう」

ふたりがならんで歩きだしてすぐ、吉松が、平太の腕に自分の腕をからめてきた。

「平ちゃん、これからいっしょに、山へ行ってくれんか？」

吉松が家でしなければならない仕事のひとつに、たきつけ集めがあった。かまどやふろばで火をおこすとき、火がすぐに燃えるように、燃えやすい木の葉や小枝などを山で集めておくのだ。

平太の家にはふろがなくて、吉松の家のふろを使わせてもらう。たきつけを集める手伝いなど、あたりまえのことだった。

平太は、きげんよくこたえた。

「いいよ。手伝ってあげるよ」

「うん」

いつもの山の入り口まできて、吉松が小さな声をあげた。

「あっ、忘れた」

「なに？」

「たきつけを入れるかごだよ」

「かご？　きょうは、いっぱい集めるってこと？」

いつもなら、木の葉は着物のすそをまくりあげてつつみ、小枝は腕にかかえられるだけかかえて帰る。ふたり分なら、それで四、五日はもった。ごくたまに、吉松が背負ってきたかごを使うことがあったけれど、おとな用のかごは大きすぎて、かえってじゃまになった。

吉松が平太にこたえた。

「母ちゃんにいわれたんだ。いつまでも、子どもの手伝いじゃだめだって。一人前の仕事をやれって。父ちゃん、足が悪いしな」

吉松の父ちゃんは、片足を引きずって歩く。

「よっちゃんも大変だね」

「うん」

返事をするなり、吉松は家に向かってかけだした。

吉松の家は、山からちょっとはなれている。ここにもどってくるまでに、少し時間がかかるかもしれない。それまでに、できるだけ多くたきつけをさがしておこうと、平太は山の中に入っていった。

山といっても里山で、村の近くにあって、奥もそんなに深くない。子どもの足でまっすぐにつきすすんでいったら、一時間もしないうちにとなり村に出る。

山に入って空を見あげると、西の方向が赤く染まっていた。

（いそがないと、すぐに暗くなるぞ）

春になって、明るい時間は長くなったけれど、山は、陽が落ちたらすぐにまっ暗になる。平太はいそいで枯れ枝を集めはじめた。

山の入り口はすでに、ほかの子どもたちが集めてしまったのか、枯れ枝はあまり落ちていなかった。枯れ葉はいっぱいあるが、葉っぱは、少しぐらい暗くなっても、手さぐりで集められる。

明るいあいだに、できるだけたくさん小枝をひろって、入り口のわかりやすいところに集めておきたい。そうすれば、吉松がかごを背負ってもどってきたとき、すぐに仕事を終わらせられる。

平太は山の斜面にひざをついて、つぎつぎに枯れ枝をひろっていった。腕にかかえられなくなると、入り口に運んで、枯れ枝をためていった。

斜面と入り口を何度も行ったり来たりしているうちに、小枝の山はそれなりに大き

くなっていた。
平太は、ひたいにうかんだ汗をそででぬぐった。
「あー、よかった。たくさん集められて。よっちゃんの来るのがおそくても、あとはかごに入れて運ぶだけだ」
ほっと安心したあと、平太は斜面にしりをおろした。
ひざをかかえる平太の目のうらに、気になっていた、高い火の見やぐらがうかんできた。
口をついて出てくるのは、同じ言葉だ。
「ああ、どうしよう。こまったなあ。高いところがこわいのは、生まれつきかなあ？それとも、あのとき、はしごから落ちてこわかったからかなあ」
するするとはしごをのぼっていく父ちゃんの姿は、忘れられない。こわいもの知らずの勇ましい男に見えて、どんなにじまんに思ったことだろう。
子どもは親に似るというけれど、自分は父ちゃんにちっとも似ていないと、腹が立った。

斜面にすわってじっとしていると、汗がひくどころか、じわじわと寒くなっていった。平太は両手でまわりの枯れ葉をかきあつめて、自分の腰やひざのあたりにかさねていった。枯れ葉におおわれたところが、ほわーっとあたたかくなっていった。

味をしめた平太は、斜面にごろんとねころがって、腹や胸の上にも枯れ葉をのせていった。

「あったかーっ。ふとんの中みたいだ」

気持ちのよいあたたかさにつつまれて、平太のまぶたが重くなっていく。

「平太、ねるなっ。ねたらだめだっ。こんなところでねたら……」

声に出してねむけと闘っている平太の前に、火の見やぐらがすーっとあらわれてきた。はしごの下で、平太が声をはりあげている。

「父ちゃーん、おりてきてくれよー」

父ちゃんが、やぐらから身をのりだして下を見た。

「どうした。なにかあったかーっ？」

「よっちゃんのばあちゃんがけがして、血がいっぱい出て……」

父ちゃんは平太がいいおわるよりも前に、はしごをおりはじめた。
村に病人やけが人が出ると、となり村の医者まで荷車でつれていく。よっちゃんの父ちゃんは足が悪いから、力のいる仕事は、平太の父ちゃんが代わることになっていた。
はしごをおりきった父ちゃんが、平太の両肩に手をおいて、平太の目をみつめた。
「はしごをのぼってくれるか？　やぐらまで行かなくていいから。しっかり見て、なにかあったら、村長さんに知らせるんだ。どうだ。できるか？」
父ちゃんの目はこわかった。
平太がうなずくと、父ちゃんは平太の頭をぐりぐりなでてから、家の方へ走っていった。
平太は、はしごの下でわらぞうりをぬいで、はだしになった。はしごですべるとあぶないからだ。はしごになんか、いっぺんだって、まだのぼったことがないのに、どうしてそんなことを知っているのか、不思議だった。
ほとんど上にまっすぐのびているような細いはしごを、平太はするするとのぼっていった。まるで、父ちゃんみたいだった。
平太はのぼりながら、どんどん高くなっていくのが楽しくてしかたなかった。自分はどうして、こんなに高いところが好きなんだろうと思う。はしごを一段あがるごとに、体がふわっと軽くなっていくのがわかった。
やぐらまで、もうちょっとというところで、突然、はしごがゆれだした。ぐらぐらと体がふるえてとまらなかった。
「おい、おいったら」
目をあけると、吉松が両手で平太の肩をゆさぶっていた。
「なんだ、よっちゃんか」
目がさめたあとも、平太はまだ、はしごをのぼっているような気がしている。高いところが好きな自分が、はっきりと見えた。体が軽く感じられる気持ちのよさも、なまなましく覚えている。
「さっさと仕事して、帰ろう」
「そうだね」

吉松が背負ってきたかごの中には、もう一つかごが入っていた。小さい方が平太用だ。

吉松は大きなかごに半分ほど枯れ枝を入れ、平太は小さいかごいっぱいに枯れ葉を入れた。

山を出たときには「軽い軽い」といいあっていたのに、すぐに、背負いひもが肩にくいこんできた。

大きすぎるかごを背負った吉松は、よろけるように歩いている。

「平ちゃん、重いだろ？」

「うん、早く帰ろ」

それきり、ふたりは話さなくなった。重たすぎて、もう声を出すのもいやだった。だまりこんで、もくもくと夕暮れの道を歩いていった。

平太は肩の痛みをがまんしながら、さっき見た夢を思い出していた。

するすると、細くて急なはしごをのぼったのは、たしかにこの自分だった。のぼりながら、心がうきうきしていったのを、決して忘れることができない。

吉松の家が見えてきた。

「ついたっ」

吉松が、つぶやくのと同時に、どさっとかごをおろした。

平太も同じようにかごをおろすと、「よっちゃん、またあとで」といいのこして、ぱっとかけだした。

平太は、まっしぐらに火の見やぐらにむかった。どうしても、たしかめなければならないことがあった。

薄暗がりの中に、火の見やぐらはすっくと立っていた。

平太は夢で見たように、わらぞうりをぬいだ。そして、はしごを両手でにぎると、いちばん下の段に足をのせた。一段、また一段とのぼっていった。四段目に来たとき、ちょっとだけ足がふるえた。こわかった。でも、まだのぼれると思った。五段目、六段目、七段目に片足をのせたとき、平太は、はしごにだきついていた。足の下がすうすうして、宙ぶらりんになっていると感じたとたん、体じゅうがぶるぶるふるえだした。あまりのこわさに、声も出なかった。涙が、あとからあとからあふれでてきた。

はしごにしがみついた平太は、しばらくのあいだ、なにも考えられなかったけど、ふいっと吉松の姿がうかんだ。大きなかごを背負って、よろよろと歩いていた吉松は、おとなの仕事をしていたのだと気づいた。

平太は歯をくいしばって、はしごを一段一段おりはじめた。もしも落ちたとしても、死ぬことはないだろうと思った。

その日の夜、平太がふとんの中に入ると、母ちゃんが近くに来た。

「平太、枯れ葉運び、ごくろうさま。火の見やぐらにものぼったんだってね。よっちゃんから聞いたよ。平太は小さいときから、父ちゃんのあとばっかり追いかけていたから、いつか、父ちゃんみたいになるんだろうね」

平太には、なにもいえなかった。ただ、高いところが好きになりたかった。

「平太……」

ねむくて、母ちゃんの声がどんどん遠くなっていく。音がすっかりなくなって、静かになったのも、ちょっとの間だった。

「平太。えらいぞ。こわくないのか？」

いつの間にか、平太は父ちゃんといっしょにやぐらの中にいた。なぜか、平太は父ちゃんと肩をならべている。

「少しこわい。でも、気持ちがいいよ」

平太の声は、おとなの声になっていた。

「そうか、よかった。見張りができるようになったんだなぁ。平太、村を守ってくれよ」

「心配いらないよ」

平太は、自分の太い声で目がさめた。

ひとりでそうっと外に出てみると、東の空に太陽がのぼりかけている。

平太はまた、火の見やぐらへ行った。

ぞうりをぬいで、はしごをゆっくりのぼっていく平太の背中に、朝日が当たっていた。

「のぼれるところまで行ってみよう」

平太は、ゆっくりとはしごをのぼっていった。こわいと感じるところまで行ってみようと思う。無理をしなくても、やぐらにのぼって見張りをするのは、もっと大きくなってからでいいと、わかった。

「父ちゃん、教えてくれてありがとう。大丈夫だから、きっと見張りの仕事ができるようになるから。それまでに、高いところが好きになるよ。だって、もともと、好きだったような気がするよ」

平太の足は、十段目にさしかかっていた。

◆作者より

この作品は、ジャック・オッフェンバックが作曲した、オペラの『ホフマン物語』を参考にして生まれました。

詩人のホフマンは、詩を作ることに自信をなくしていました。ある日、酒場で恋人を待ちながら、うとうとと居眠りをします。そのときに何度か夢を見るのですが、見終わったあと、ふたたび詩人としての自分に自信をとりもどします。ホフマンの友だちも、大事な役割をはたしています。

夢の話といえば、はかなくて意味のないもののように思われます。でも、ときには、人生の大事なヒントが集まっていると、感じることがあります。

この作品の主人公、平太も、ホフマンのように、夢のあとで自分に自信を持ちます。そして、将来に向けて力強くふみだしていくことになります。人生に希望と勇気をあたえてくれる「夢」って、すてきです。平太はきっと、友だちの吉松といっしょに、たのもしいおとなに成長していくことでしょう。

青色のリボン

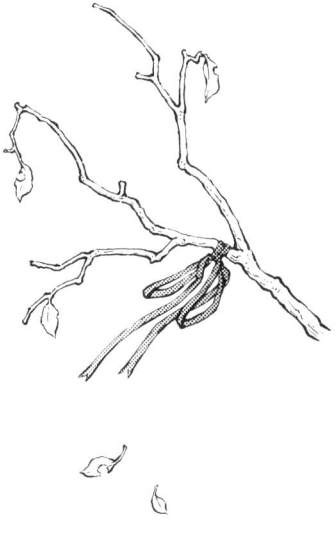

濱野京子（はまのきょうこ）

1

ここはどこだろう。
身体じゅうが痛い。そうだ、わたし、がけからすべり落ちて、気を失い……。
たくさんの目にとりかこまれた気がする。あれは、獣？　それとも人？
そんなことを思いながら、タオはまた深い眠りに落ちていった。

その数時間前。
タオは、必死で石だらけの河原を歩いていた。河原の両側は切り立ったがけだった。
この場所の探索をはじめてから、すでに何日もたっていた。何か見つけなければ。
きっと見つかるはずだ。タオが、いや、タオと仲間たちが求めているものが、きっと。
ところが、しばらくして大きな山に、行く手をはばまれた。高くそそり立つ岩山は
とてものぼれそうもなかった。ここで行き止まりかと、舌打ちする。それでも、なん
とかよじのぼって、岩山の最初のくぼみまではいあがる。すると――。

「あれ？」

くぼみの先から、かすかな光がもれている。そのくぼみはずっと奥までつづいていて、光はそこからもれているようだった。もしかしたら、この穴をたどっていくと、山の向こうに抜けられるかもしれない。タオは、行けるだけ行ってみようと思った。人がやっともぐりこめるほどの穴だが、すすんでいくうちに、光はだんだんと大きくなった。

そして、そこを抜けたと思ったとたん、タオは斜面をすべり落ちて、気を失ったのだった。

「※○▼＊■◎？」

話し声がして、タオは目をひらく。ここは家の中らしい。半身を起こす。タオはやわらかな布団の中にいた。

相手はどうやら人……女の人のようだった。そして、笑っているみたいだと思った。その人は、不思議な服を着ていた。ふんわりとした布の服で、腰のあたりをひもで結んでいる。いったい何者なのだろう。見た目はタオとかわらない人間のようだった。顔には、二つの目に一つの口、鼻、耳……そして手足が二本。直立歩行。

それから、目の前に何かをさしだされた。このにおいは、食べ物だ。タオのおなかがぐうっと鳴った。相手の人は、にっこり笑った。タオよりはずいぶん年上かもしれない。

「どうもありがとう」

タオは器を受けとると、スプーンを手に食べはじめる。器もスプーンも初めて見るが、木でできているようだった。ほんのりあたたかい小さなつぶつぶは、これまで食べたこともないもので、ちょっと不安になったが、空腹には勝てなかった。

「おいしい」

これは米をたいたものだろうか。

一気に食べてしまってから、また、自分はなぜここにいるのだろう、と考える。

「あなたが助けてくれたのですか？」

「◇＋●△※○＊◆」

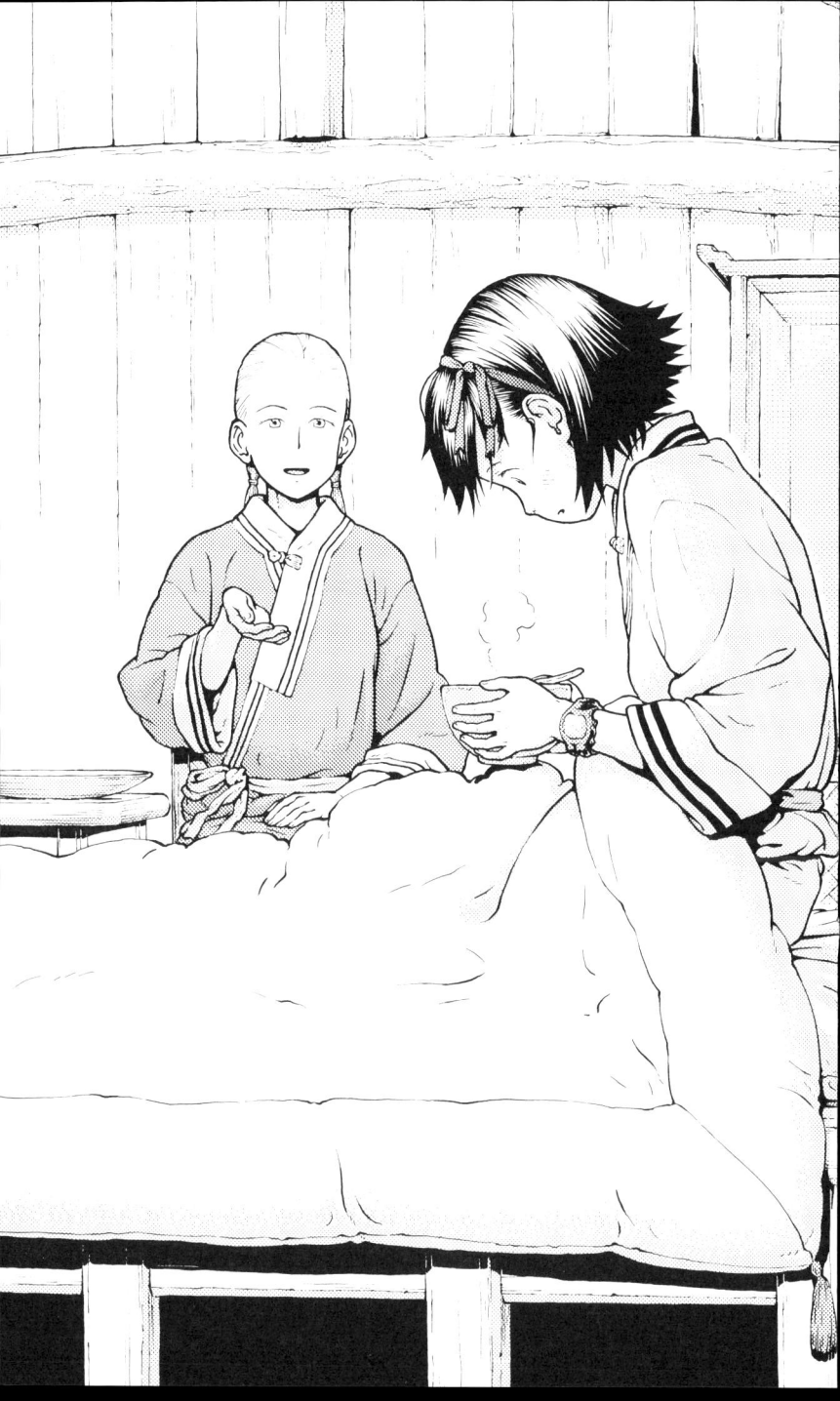

言葉はわからないが、なんとなく伝わった気がした。
ふと、自分のかっこうを見ると、相手と同じような衣服をまとっていた。
「あの、わたしの服は？」
相手の人が指さす。服は部屋のかたすみにきちんと置いてあった。ヘルメットもブーツもならべてある。
そうだ、時計、と思って腕を見る。そして、腕時計式のコンピュータを立ち上げると、翻訳機能をさがした。
翻訳ソフトが、相手の話す言葉を分析して変換をはじめた。やがて、たどたどしい言葉だが、いっていることがわかるようになった。
その人は、自分はこの村の村長だと語った。そして、昨夜、タオが山の斜面でたおれていたので、村人たち何人かでここにはこんで、けがの手当てをしてくれたのだという。名前をきかれて、タオはゆっくりと答えた。
「わたしは、タオです」
タオの言葉を、コンピュータが相手の話す言葉になおす。

「あなたはタオ。タオ、けが、なおるまで、ゆっくりして」
「あの、ここは、どこですか？」
「ここは、わたしの家」
そうでなくて、とタオは思った。
「……ここは、なんという星の、なんという国、なのですか？」
「それに、答えるのは、むずかしいこと。タオ、今は、もう少し、休むといい」
村長は静かに笑うと、部屋から出ていった。

2

タオが起きあがったのは、次の日の昼近くだった。よほどつかれていたようだ。
ようやく立ちあがったタオの髪から、青いリボンがぱらりと落ちた。タオはリボンで髪を結びなおして、あらためて部屋を見る。床も、壁ぞいにおかれた物入れも、ベッドも、すべて木製だった。ベッドのそばにあった木のサンダルをはいて、窓辺に近づくと、窓から外をながめた。

四方を山にかこまれた、のどかな風景がひろがっていた。すぐそばに小川が見えた。そのほとりに、大きな樹木が何本もならび、いっせいにピンク色の花を咲かせている。対岸の畑を人々がたがやし、子どもたちはそのまわりで遊んでいた。みな、村長と同じような、ゆったりとした布の服を着ている。畑のふちには黄色い小さな花が咲いていた。空は晴れて、山々は青く美しかった。

「これが、春らしい景色というものなのかな」

ピーピチピチと、鳥のさえずりが耳にとどく。本物の鳥だ。

ここには、いい空気があるのだ。マスクもなしに、大地の上を人が歩いている！そういえば、この窓のガラスも薄い。これでは、すきま風さえ入ってくるかもしれない。

タオは思いきって、窓をあけてみた。

「空気がおいしい」

こんなふうに、思いきり外の空気をすえるなんて。

タオが窓から見ていることに気がついたのか、子どもたちが近づいてきた。

いっせいに話しかけられて、タオはあわててさけんだ。
「ゆっくりしゃべって！」
時計形のコンピュータがそれを伝える。
子どもたちは、にこにこ笑って、
「お姉さん、どこから来たの？」
「けがは大丈夫？」
「歩けるようになった？」
などと口々に聞いた。
なかには、小さな動物をつれている子がいる。あれは、犬？
「ありがとう。わたしはタオというの。少し痛いけれど、歩けるわ」
「じゃあ、外に出ておいでよ。遊ぼうよ」
女の子にさそわれて、タオは、外に出てみた。
外はいっそう気持ちよかった。

やわらかな日差しの中、たえず鳥の声が聞こえてくる。ほのかに甘い花の香りにさそわれるように、タオはゆっくりと川のほとりを歩いていった。水は清らかに澄んで、飲めそうだった。そっと手をさし入れてみると、ひんやりして冷たかった。

村長の家の前に立つ大きな木から、ピンクの花びらが落ちてきて、タオは手で受けとめる。これは、なんという花なのだろう。

「桃の花」

タオを外へとさそった女の子が教えてくれた。桃の花……。昔、どこかで聞いたような気がした。

子どもたちが歌をうたっていた。歌詞はよくわからなかったけれど、耳に心地よかった。

畑ではたらくおとなたちも、にこやかにタオに手をふる。だれもが、タオがここにやってきたことを知っているようだ。

少し腰がまがったおばあさんが、声をかけてきた。

「元気になったかね」

すると、子どもたちが代わりに教える。
「この人は、タオっていうんだよ」
思わず、タオも笑顔になった。
タオは、だんだんと身体がここの空気になじんできたことを感じた。これが、地上で暮らすということなのだろうか。
人々は、だれもがおだやかでやさしかった。
やがて、昼時になり、タオは村長の家にもどった。
「身体も、ずいぶん、回復したようですね。若い人は、なおりが早い」
「ありがとうございます。みなさんのおかげです」
村長の家族は、年老いた両親と、村長の夫、娘と息子が一人ずつで、全部で六人だった。娘は、さっきタオに桃の花を教えてくれた少女だった。
食事は、ごはんとスープ。野菜の煮物。卵を焼いたもの。いろどりも美しく、どれもおいしかった。
みんなが、タオの腕時計から声が聞こえるのを、ものめずらしそうに見ていた。

「お客さんは、じつに、久しい」
「ということは、前にも来た人がいるのですね。この星には、ほかにどんな国、それとも……村があるんでしょうか」
タオは聞いた。人の住むところが国とはかぎらないことを思い出しながら。けれども、村長は、ただ静かに笑って首を横にふる。
「わたしたちには、わたしたちの暮らしがある。それを守る、だけです」
「前にお客さんが来たというのは、いつなんですか？」
「はっきり、わかりません。わたしの、生まれる前」
「わしの、子どものころ。空から、客人、来た」
白いひげの老人が答えた。

村長の娘は、ユエンという名前だった。年を聞くと六歳だと答えた。午後になっても、タオのそばをはなれなかった。
タオは、ユエンからこの星のことをいろいろ教えてもらった。

この村に住んでいるのが、三百人ぐらいであること。畑をたがやしたり、ブタやニワトリなどを飼ったりしながら暮らしていること。

この大地の地つづきに、ほかにも同じような村があるかどうかは、わからないこと……。

「タオ、わたし、知ってる。タオも、空から来たよね。タオがこの村に来る少し前、空が光った」

「そうね。わたしは、空からやってきたの。青い星をさがして」

「青い星？」

「そう。青い星には、きっと水がある。地上の楽園」

タオは少し悲しそうに笑った。すると、ユエンが意外なことを口にした。

「あたし、おばあちゃんに聞いたことある」

「聞いた？」

「昔、戦があった。わたしたちの祖先、逃げてきた。ここに、みんなで住んだ」

「……本当に？」

それならば、ここの人たちも、タオと同じなのだろうか。もしかしたら、ここの村人たちならば、タオたちを受け入れてくれるかもしれない……。

タオは、村の人々に話して、頼んでみようと思った。

3

タオは宇宙船で生まれた。その船には、百人ほどの人が暮らしていた。昔、戦乱から逃れるために、とある星から脱出して、理想の星を求めて旅立った人々の子孫だ。

船の人々をまるごと受け入れてくれる星は、見つからなかった。もともと、果てない宇宙の中に、タオたちが住める星は、きわめて少ないのだ。

十四歳で探索チームに入ったタオは、青い星が見つかると、一人乗りの探査艇に乗って、その星をめざした。ここは、タオが降り立った何番目かの星だったが、生物の住む星は初めてだった。

ほかの探索チームのメンバーの話では、生命体に出会うこと自体、めったにないことだという。まれにめぐりあっても、そこに住めるとはかぎらない。人間には適さない星もある。それに、人間に近い生命体に出会うことは、さらに少ない。出会ったとしても、うまくいかない場合もある。タオが生まれるずっと前の話だが、いきなり攻撃されて、ひどい目にあった探索メンバーもいたという。

宇宙船の暮らしは、それなりに快適だった。病気をすることもなかったし、だれもが、土の上で暮らしていたころにくらべて、長生きらしい。それでも人々は、地上での暮らしをなつかしむ気持ちを捨てることができなかった。それに、人数が少しずつへっていくのだ。最初に出発したときにくらべて、半分以下になってしまった。それというのも、新しい命がなかなか生まれないからだ。

船の中でいちばん年をとっているのは、長老とよばれる男の人だが、人間はもともと大地で生きることが大事なのだ、といつも語っていた。

その夜、タオは、村長にいった。

「村長さん、わたしは、空からここに降りてきました。わたしたちは、あなたたちと同じ。戦乱をさけて、宇宙に旅立ったのです。青い星を求めて。そして長いあいだ、宇宙の旅をつづけてきましたが、わたしたちが暮らすのにふさわしい場所は見つかりませんでした。でも、ここはすばらしい場所です。もしも、わたしたちがここに移住することを決めたら、あなたたちは、受け入れてくれますか？　わたしたちは、あなたたちと同じです。争うことはきらいなのです」

「数は、どれくらい？」

「船で暮らしているのは、百人ほどです」

村長は、少し考えてからいった。

「畑をもっとひらけば、住むことは、なんとかなる、かもしれません」

そこが問題なのだ。宇宙船で暮らす人々の中には、地上での暮らし方を知っている者など、だれもいない。

タオが生まれる前に、空気のいい無人の星を見つけて降り立ち、畑をつくろうとしたことがあるらしい。けれど、コンピュータの伝える知識だけでは、実際の仕事の手助けにはならなかった。それに、宇宙船で暮らす人々の多くは、地上ではたらくだけの体力がなかったのだ。

「じつは、わたしたちは、一部の者をのぞいて、地上で暮らすにはひ弱すぎるのです。自分で家を建てたり、畑ではたらけるようになるには、時間がかかるかもしれない。ですから、大地で生きるための知恵を、わたしたちに教えてほしいのです」

「それはかまいませんが……ただ、急に百人もふえたら、食糧が足りません」

「最初のうちは、わたしたちは、宇宙食で暮らします。ここの食事のようにおいしいものではないですが」

村長は、しばらく考えてから、

「あなたたち、本当に争いを好まない人々なのですね」

と、タオに聞いた。

「もちろんです。闘うだけの力もありません」

「ならば、明日、村のみんなに、聞いてみましょう」

次の日、ニワトリが鳴くのと同時に、村人たちが村長の家の前に集まってきた。タオもその場に参加した。

人々の意見はいろいろだった。すぐに受け入れていいという人もいたが、そうではない人も少なくなかった。食糧をめぐって争いが起きないかと心配する声もあった。
それでも、最後には、助け合いが大切だということになり、受け入れが決まった。

その日の昼に、タオはお米でつくった弁当をみやげにもらって、帰ることになった。
「また、会えるよね、タオ」
ユエンが名残惜しそうにいった。
「もちろん。すぐにもどってくるからね」
タオは、借りていた服を村長に返した。そして、自分の髪を結んでいた青いリボンをはずすと、ユエンにわたした。
「きれい。表面につやがあって」
「これは、特殊な布でつくられたリボンなの。いつまでも輝きを失わないのよ」
「ありがとう、タオ。このリボンは、木の枝に結ぶね。タオがもどってきたとき、すぐにわかるように。タオがもどったら、そのとき、髪に結ぶから」

タオは、自分がすべり落ちた山の斜面をのぼって、村をふりかえった。桃の花びらが風に舞って、空がピンク色にかすんで見えた。子どもたちが、桃の木にのぼって手をふってくれた。いちばん高い木にのぼったユエンは、リボンを枝先に結んだ。青いリボンが、風に吹かれてひらひらとただよっていた。

タオは、最後にもう一度手をふってから、岩山の穴を通りぬけた。

ふたたびここに来るときに迷わないようにと、道のところどころに目じるしを残した。ナイフで木の幹に傷をつけたり、道の途中に、記号をきざんだりしたのだ。

やがてタオは、船――探査艇をおいた場所にもどってくると、特殊な繊維でできた宇宙飛行用のスーツを着こみ、自動操縦のセットをした。そして、スリープカプセルに入り、母船をめざしたのだった。

タオは、ぶじ宇宙船にもどった。

「タオ！　よくぶじに帰ってきたな」

「はい。大丈夫です。船長、ミュー４１８７３９星の探索終了。平和的人類が生存しています。移住可能のすばらしい星です」
「本当か？　では、みなを集めるので、報告せよ」
宇宙船で暮らす人々が集まってきた。
「タオ、おかえり！」
とびついてきたのは、ミンという名の七歳の子だった。タオが妹のようにかわいがっている活発な女の子だ。
タオは、船の人々全員の前で、探索結果の報告をした。すると、人々がどよめいた。
「マスクなしに呼吸のできる星があるとは、まさにユートピア。わしらが長く夢見た地上の楽園だ」
そうさけんだのは、いちばん年をとった長老だ。しかし、長老だって、実際に地上で暮らしたことはないのだ。
「わたしたちがずっと望んでいた、大地の暮らし。それが、本当にできる日がおとずれようとは、長生きするものですね」
ばばさまがいった。長老の次に年をとっている女の人だ。ばばさまは、静かに涙を流した。ばばさまだけではなかった。長いあいだ、夢にまで見ていた地上の楽園が、ついに見つかったのだから。

「しかし、けっして楽なことではない。地上は、船の中とはまったくちがう世界だからな」

船長が、最高責任者らしく重々しい口調でいった。

「それは、もちろん承知している。みずからの手ではたらくという、久しくかなえることができなかった夢の実現なのだから、多少の困難がなんであろう」

長老の言葉に、多くの人々がうなずいた。すると、すぐにミンがきいた。

「タオ、手ではたらくって、どういうこと？」

「自分の手で、道具を持って、土をおこしたり、種をまいたり、刈りとったりするのよ。ブタやニワトリも育てるのよ。かつてわたしたちが暮らしてた星の生き物について、ミンも勉強したでしょ。その星には、同じ生き物がいるの。最初は大変かもしれないけれど、きっとミンにもできるわ」

「土なんて、見たことないなあ」

「そうね。わたしも初めて見たわ。不思議なにおいがする。花も木も……。あんなものは、初めて見た。でもね、ミン。畑でできた食べ物は、それはおいしいのよ」
「へえ、早く食べてみたいなあ」
ふと、ミンの顔に、村で会ったユエンの顔がかさなった。今ごろ、どうしているだろう。リボン、大事にしてくれているだろうか。
「よし、それでは、その青い星をめざそう！」

4

宇宙船は、一路、ミュー418739星をめざして飛び立った。
船の中では、地上での暮らしについて、子どもたちだけでなく、おとなたちも学習した。人々は、地上モードの空調室で歩行訓練をして、降り立ってからにそなえた。
やがて、漆黒の中に青い星が見えてきた。
「青い、これぞまさしく……」
船長が思わずつぶやいた。船がぐるりと星のまわりをめぐる。

AIロボットが、分析値をスクリーンに表示させた。
「海が七十・八パーセント、陸地が二十九・二パーセント」
数字を見て、涙ぐむ人もいた。かつて、この船に住む人々の祖先が暮らした星と、同じ比率だったのだ。
タオは、探査艇に乗って、船を降ろす場所をさがした。そして、あの村からいちばん近い草原に、宇宙船を誘導した。
宇宙船が降りたのはちょうど朝で、まさに、この銀河系の恒星が大地から顔を出したときだった。
「太陽だ。日が、のぼる」
感慨深そうに、ばばさまがいった。その姿は、かつて祖先たちが住んでいた星の、日の出のようすにそっくりだったのだ。
しかし、多くの人は、足場の悪い道を歩けそうもなかった。そこで、体力のある者が先に村をたずねて、援助を願うことにした。えらばれたのは、船長とタオのほか、探索チームを中心にした者たちだ。

「あたしもつれてって！」
ミンがいった。
「子どもには無理だよ」
「大丈夫だよ。空調室で、たくさん歩く練習をしたよ」
ミンはタオの手をにぎって、はなさなかった。
「船長、いざとなったら、わたしが背負います。つれていっていいでしょうか」
船長は、しぶしぶだが認めてくれた。
「よし、では、タオの誘導にしたがって、新しいユートピアをめざそう」
タオたちは、切り立ったがけのあいだの道を、ひたすら歩いた。やがて……。
「見てください。目じるしにつけた傷です！」
と、タオがさけんだ。そのあとは、慎重に目じるしを確認しながら、一歩一歩と進んでいった。
タオのすぐ後ろを必死について歩くミンは、さすがに疲れはてたようだ。
「タオ、まだつかないの？」

「もう少し。そこには、澄んだ水の流れる小川があって、木がたくさん植えられていてね。きれいなお花が咲いてる。鳥も鳴いてるの。畑では、わたしたちそっくりの人々がはたらいているわ。だから、がんばって」

「うん、がんばる」

人々はさらに歩きつづけると、ふいに目の前を大きな山にふさがれた。

「けわしい山にさえぎられているぞ。行き止まりじゃないか」

と、船長がまゆをよせた。だが、タオは笑顔になった。

「いいえ。大丈夫です。ほら、そこに小さな穴が。この先なのです。ついてきてください」

タオは穴を抜けた。そして、斜面の上から、村を見下ろす。

静かに流れる小川、桃の木には花が咲きみだれ、鳥たちのさえずりが聞こえ、人々が畑をたがやす……。だが、思い描いた風景は、どこにもなかった。

そこには、ただ荒れはてた大地がひろがっていた。ところどころに立つ木も枯れかけて、ただ立っているだけというありさまだった。
「タオ、本当にここなのか？　人の気配などまるでない。ただの荒れ地ではないか」
「そんなはずはありません」
タオは、すべるように斜面を降りていくと、あたりを走りまわった。
けれど、何も見つけることはできなかった。
「船にもどろう、タオ」
タオの肩を船長がたたいた。いつのまにか、ほかの人たちも降りてきていた。
「すみません。船長、みんな」
タオの瞳から涙が流れ落ちた。
「タオのせいではない。こんなことは初めてじゃない。前にもあった」
「またさがそう、タオ」
ミンの言葉に、涙をふいてうなずく。
タオはゆっくりと斜面をのぼった。それでも、なぜかこの場所がなつかしくて、タオはのぼりきったところで、一度ふりかえった。

枯れかけた木の枝に、何かがひらめいていた。青い色の……それは、タオがユエンにあげたリボンだった。

◆作者より

桃源郷という言葉を聞いたことがありますか。桃の花が咲きみだれる、平和で豊かな別天地のことです。

中国には、『桃花源記』という短い話があります。魏晋南北朝時代の有名な詩人である陶淵明（三六五年―四二七年）が書いたものです。

ある漁師が川を進むうちに、山にぶつかります。山には小さな穴がありました。穴からもれるわずかな光に導かれてたどりついた場所が、桃源郷です。そこは、前の時代の戦乱を逃れた人々が、一般社会と交流を絶って、心楽しく暮らしている場所でした。漁師は人々から歓迎されて楽しくすごし、やがて、ここを去るときに、ふたたび来られるようにと、目じるしをつけて帰ります。けれどもその後、二度とたどりつくことができなかったのです。

だれもがあこがれる、平和で豊かな暮らし。地上では、なかなか実現できません。でも、人は、いつもどこかで、そんな場所を夢見ているのでしょう。はるかな未来の人も、きっと……。

星鏡の剣士

越水利江子

「さあ、いただくぜっ」
戦場となった水引原で、寅吉は号令をかけた。
「おうっ」
いっせいに、飢饉や戦で孤児になった子どもらがかけだし、戦でたおれた者の武器やよろいをうばいはじめた。
寅吉自身も孤児だが、知恵もはたらき、身体も丈夫だったので、いつも山賊の使い走りをして、仲間の孤児らを食わせている。
なかでも、戦場は、もっともかせげる場所であった。
戦死者の武器やよろいをあつめ、山賊にとどければ、山賊らはそれらを売りとばし、駄賃をくれるのだ。その交渉役は、寅吉だった。
幼く、やせほそった孤児らにとって、いちばん大きな十歳の寅吉は、たよりになる頭だったのだ。
孤児らがかけまわる戦場を、風にまかれて散るのは、水引の花か……米つぶほどの紅や白の花が、無数に地平をころがっていく。

その花くずにうもれるように、折りかさなりたおれた甲冑武者や、矢を受けた馬を抱いて突っ伏した幼顔の小者などから、武器やよろいをうばうのは、決していい気持ちではなかった。だが、死者からうばうことでしか、孤児らは生きていくことができなかったのだ。

「あっ、寅ちゃん！　あいつ、なわばり荒らしだっ」

孤児のひとりがさけんだ。

見ると、りっぱな刀を重そうにだいた子どもが、よろよろ歩いている。まだ四、五歳か、頭から泥だらけで、きれいな着物のすそは、いばらに裂かれたのか、ささらのようになっている。

「なんだっ、おめえっ！」

寅吉は、その子どもの前に立ちふさがった。

子どもは、ぽかんとしている。

「おめえは、どこから来たっ。その刀、どいつからぬすんだんだ!?」

子どもは、それにもこたえない。まるで、なにもかも忘れてしまったようにも見えた。ただ、だいた刀だけをぎゅっとにぎって放さない。
「これは、ちちうえの……！」とだけいう。
「は？　父上だと？」
ならば、武将の子か？　国盗りのために戦ばかりして、おれたちの親を殺したり、田んぼを荒らしたり焼いたりした、戦国武将の子か⁉
そう思ったら、ふいに、その子どもがにくらしくなった。
「だれの刀でも、この戦場にあった武器は、おれたちのもんだっ」
寅吉は子どもをつきとばし、その刀をうばった。
つきとばされても、その子は泣かなかった。泥だらけなので顔立ちはわからないが、きりりとした目で、くやしそうに、寅吉をにらむだけだった。

その日のかせぎは大きかった。
あの子どもが持っていた刀は相当の上物だったらしく、山賊の首領〝毛むくじゃら〟がたいそう気に入り、自分の刀にするといって、駄賃をたくさんくれたからだ。

その駄賃をにぎって、農家へ行って、食い物をわけてもらった。

「う、うんめえっ」

「にぎり飯は、ひさしぶりだぁ」

子分の孤児らがよろこぶなか、寅吉は気になって、もう一度、あの戦場へ行ってみた。

日が暮れた戦場は、生ぐさい血のにおいがたちこめ、死体をあさりに来た獣のうなり声、遠吠えなどがひびいて、気味が悪い。

寅吉は、獣よけの松明をともして、水引原に入った。

「おーい、いるかぁ?」

呼びかけると、やぶのあたりで、ガサガサ音がする。のぞきこむと、あの子どもが泥だらけのまま、うずくまっていた。

「ほら、おめえにもやるよ」

寅吉は、持ってきたにぎり飯をさしだした。

子どもは目をかがやかせ、にぎり飯にかぶりついた。

「うめえか？　ほら、のどがつまるぞ。だれも盗らねえから、ゆっくり食べな」
寅吉は、竹筒に入れた水を飲ませてやった。
「おめえ、名前は？」
たずねたが、子どもは首をかしげるだけだった。思い出せないようだ。
頭から泥だらけなのは、どこかから、湿地に落ちたのか。そのとき、頭でも打ったのかもしれないと思い、寅吉はいった。
「わかんねえのか？　じゃ、おれが名前をつけてやる。もし、おめえも仲間になるのなら、にぎり飯ぐれえなら、また食べさせてやるぞ。な、どうする？」
寅吉のことばに、子どもは、こっくりとうなずいた。
「そうか、よし！　親が武将でも、おめえの罪じゃねえ。仲間にしてやる。今日から、おめえは、そうだな……親に捨てられた子だから、捨て丸だ」
寅吉はそういって、ふと、自分の親のことを思った。
山賊の使い走りなんかをしているのは、生まれた村が戦と飢饉でつぶれて、もうないからだ。

両親も兄弟も死んで、家族はだれもいないから、今は食うために、山賊とでも組む。
だが、村の山には、正義の剣士が降り立つ聖地だという、古代の磐座があった。
磐座というのは、神が降り立つといわれる大きな岩やがけのことだ。多くは、結界とするために、白紙を切った御幣やしめなわがかかっている。その磐座を見て育った寅吉は、「おれも、きっと、正義の剣士になるんだ！」と、むかしから決めていた。
「……そうだな、おめえもいつか、おれの村の山へつれてってやる。村はなくなったが、顔見知りのじいちゃんが、山の守り番になってるんだ」
そういいつつ、寅吉は、そのときまでに、剣を手に入れようと思った。戦場であつめたいちばんいい刀を、おれの剣にするんだ……と。

だが、その機会はなかなか来なかった。
一度は、刀を一本くすねたのがばれて、山賊どもに死ぬほどなぐられた。
だが、大きな戦があれば、寅吉は三日三晩でも戦場を走りまわって、武器やよろいをあつめたので、そのはたらきに、山賊どもも寅吉には一目おいていた。だから、殺されはしなかった。

ただ、そんな暮らしでは、たまの風呂にも入れない。山賊の巣は、木の枝や葉を葺いただけの草屋根の、半地下の小屋だったので、子どもまでは入れてもらえない。

獣が来ない、たき火のそばで寝るだけだ。

だから、子どもらは、森や原、戦場をかけまわる毎日で、目鼻立ちもわからぬほど真っ黒によごれても、川や池で水浴びするしかなかった。

とうぜん、凍える冬場には、だれがだれだかわからないほど、みな、よごれきってしまう。

それで、一度、真っ黒になった捨て丸をつれて、春の川へ行ったことがある。

捨て丸はよろこんで、寅吉と同じように素裸になり、川へとびこんだ。

そうして、二人で泳ぎまわっているうちに、寅吉は気づいた。

澄んだ流れに洗われた捨て丸は、どこかの若さまみたいにかわいい顔をしていた。

それに、顔や手足は日に焼けているが、着物にかくされていた身体は、絹のようになめらかで白かったのだ。

「あれ……？」

そのとき、さらに気づいた。

捨て丸は、女の子だったのだ！

（大変だ。山賊どもに、こんなにかわいい女の子だと知れたら、遊郭へ売りとばされてしまう！）

あわてた寅吉は、きれいになった捨て丸の顔をまた泥でよごした。そして、こわい顔でいいつけた。

「捨て丸、いいか。今後、おれがいいというとき以外、顔を洗ったり、着物をぬいだりしちゃあだめだ！　もし、この約束をやぶったら、子分じゃないぞっ」

こうして、いつのまにか時は流れて、たった四歳だった捨て丸が十歳になったころ、ようやく、寅吉が待ちつづけた機会が来た。

その年の七月七日、十六歳になった寅吉は、故郷の村があった神居山へ捨て丸をつれていった。

神居山は、大和の国にあり、その夜の大和は、満天の星の下であった。
山上には、いくつもの古代の磐座があり、その一つ一つが、天上の星の位置をそのまま映していた。
天の川星、織姫星、牽牛星など、七夕の夜に天上にあらわれる星々の名を冠した磐座があり、天上の星座が、磐座の星座としてそのまま映されているので、星鏡の山とも呼ばれていた。
「むかしは、ここで、星祭りがあったんだってさ。それで、その星祭りの夜には、八人の無敵の剣士がここへ降り立って、魔物をたおしてくれたんだぞ」
寅吉がいった。
「降り立つって、どこから？」
捨て丸がきいた。
「どこからともなく、あらわれたんだ！」
「寅ちゃん。そんなの、ただの伝説だろ？」
「捨て丸っ、なにいってんだ！　ぶんなぐるぞっ。おれは、いつか剣士になる。だか

ら、よく知ってるんだ。なっ、じいちゃん！」
寅吉が、山の守り番の老人にいった。
老人は、今ではたった一人だけの、寅吉の村の住人だった。
「ああ、寅は、小さなころに話してもらったことを、よく覚えておるな」
老人はにこにこしていった。この神居山のはずれにあった寅吉の育った村は、親兄弟が戦と飢饉で亡くなり、村人もどこかへ逃げてしまい、今はだれもいない。だが、村でたった一人残った老人が、この山の磐座の守り番をしていたのだ。
「寅は、八人の剣士が、なぜ無敵になったか、覚えているかの？」
老人がたずねた。
「覚えてるよ、もちろん！　それは、〝無敵の神宝〟にえらばれるからだろ？」
「神宝って？」
捨て丸がきいた。
「それは、ほろぼされた一族が、大昔から伝えてきた九つの神宝でのう。呼び合う二振りの剣と、笛や鏡や、鎖かたびらといったものだったそうじゃ。しかも、それらには、どれも魂が宿っていて、神宝自身が、それぞれ持ち主をえらぶんじゃそうで、悪いやつが手にしても、神宝の不思議な力は目覚めなかったそうだ」

「じゃ、正義の剣士は無敵だったのに、なぜほろぼされたの？」

「ほろぼされたのは、大和の国のどこかにあった一族の隠れ城だが、八剣士は、永遠にほろぼされることはないのじゃ。彼らは、時を待っておるだけだ。八剣士の主ともいえる九神宝のうちの一の剣、天竜剣がふたたび目覚め、新たな持ち主をえらびとるその時をな……！　天竜剣が目覚めれば、のこりの八つの神宝も、それぞれ、新たな持ち主をえらびとって、目覚めるそうじゃ」

そういったおじいさんの言葉に、捨て丸は思い出した。

だきかかえていた剣のことを。自分がどうして、その剣を持っていたのかは、今もよく覚えていない。ただ、父のかたみだと教えられ、戦のなか、だいて逃げたのだ。

けれど、あの剣が、寅吉に会わせてくれた。

剣というのは、たしかに仲間を呼ぶのかもしれないと、捨て丸は思った。

日々、山賊にいつ殺されるかとびくびくしている捨て丸は、寅吉といっしょにいるだけで安心だったし、今夜のように山賊の巣をはなれれば、身も心ものびやかになってうれしかった。

「寅ちゃんの故郷って、ほんとに、いいとこだね。おじいさんもいい人だし！」

捨て丸は星空をあおぎ、むじゃきによろこんだ。

「わあっ、すごいなあ！」

捨て丸が声をあげた。七夕の深夜が近くなって、天上には天の川がうすい煙のようによこたわっていた。その天の川をはさんで、織姫星、牽牛星も白くかがやいている。

そして、まもなく、その星空と山上の星の磐座が、天上と地平で、ぴたりとかさなりあおうとしていた。

そのとき、寅吉は、すぐそばのしげみにもぐりこんで、なにかを引き出してきた。

「ほら、捨て丸。七夕のおくりものだ。おまえにやる」

そういってさしだしたのは、昨日からかくしてあったらしい一振りの剣であった。

「え？」

捨て丸がきょとんとする。

「これは、おまえが持っていた刀だよ。おれが、山賊からとりかえしてやった」
「ええっ、だめだよ！　そんなことしたら、寅ちゃんが殺されるよ！」
「大丈夫さ。戦場でひろった上物の刀と、中身だけすりかえたから、気がつきゃしねえよ」
寅吉は笑いながら、その刀をぬきはなった。
「ほら、見ろよ。龍のうろこみたいな、きれいな刃紋だぞ。おまえが、どこのサムライの子どもか知らねえけど、この刀なら、おれも、無敵の剣士になれるかな？」
寅吉がいったとき、「けっけけけけ」と、下卑た笑い声がした。
見れば、岩かげからむくむくと、槍や山刀を手にした山賊どもがあらわれた。
「寅っ、よくも、おれの刀をぬすみやがったなっ。刀ってのは一本一本、反りがちがうんだよ。刀の抜き身をすりかえても、さやには合わねえんだよ！」
〝毛むくじゃら〟が寅吉をおもいっきりけとばし、刀をうばおうとした。
「なんだよっ。おめえらには、上物の刀を何本もやったじゃねえかっ。それは、捨て丸のだ！」

けられた寅吉は、斜面をころがりながらさけんだ。
寅吉の手から落ちた刀は、天の川星の磐座にひっかかって、ぬらりと光った。
「らんぼうはやめなされっ」
「どけっ、じじいっ！」
とめにはいった老人を、山賊はなぐりとばそうとした。だが、そのこぶしは、空を切っただけで老人にはあたらなかった。だれの目にも、老人がゆらりとゆれたように見えたのだが、それは、すっと、風のように身をかわしたのだ。
「お、おじいさんと寅ちゃんに手を出すなっ」
捨て丸はふるえながら、寅吉が落とした刀をひろった。
だが、刀のかまえ方なんかわからない。ともかく、山賊の見よう見まねでしかない。
「ちっ、ガキめっ、命が惜しかったら、さっさと、その刀をよこせ！」
〝毛むくじゃら〟が、捨て丸から刀をとりあげようとしたそのとき、剣先から、稲妻のような青い電光が走った。
「あっつ、いててっ！」

電光にはねとばされた〝毛むくじゃら〟は、怒りくるって、山刀をぬいた。
せつな、天上の星座の位置が、星鏡の山上に、ぴたりとかさなった。と、捨て丸の手にした剣の、龍のうろこのような刃紋がゆらめき、天上の星明かりをすいこんだかのように、青くかがやいた。

けん　かん　しん　ごん　り　こん　そん！
いざ　させたまえや、八方天身っ

その声がどこから聞こえたのか……。
捨て丸は耳をすましたが、聞こえた声は、記憶に残った鈴音のように、ただ頭のなかに、澄みきってひびくだけであった。

キンッ、カッ、カカンッ、カキーンッ

捨て丸の左右に、三日月のような光が無数にひらめき、その光に、山賊どもの山刀や槍が、目にもとまらずはねとばされた。

「な、なんだぁっ!?」

「な、なんだいっ、じいちゃん！　あの、捨て丸のまわりに見える三日月みたいな光はっ!?」

はねとばされた山賊と、寅吉が同時にさけんだ。

「こ、これは……八方天身じゃっ。無敵の八剣士のうち、天竜剣に呼ばれた三剣士が三位一体で戦う、八方の敵を一気にたおす剣法じゃっ！」

老人がさけんだ。三位一体といっても、その場に見えるのは捨て丸だけだ。ただ、その背後に、三日月がはしるような、金紅石の光跡が、いくすじもまたたいては消える。

「なにが三位一体だ！　このガキ以外には、なにも見えんぞっ」

「いやっ、あ、あの光はなんだっ!?」

「……ど、ど、どうでもいいっ。あのガキには、化け物がついてやがるっ」

山賊どもはさけびあいつつ、一人逃げ、さらに二人逃げして、山上には、寅吉と捨て丸、老人だけが残された。

（え？　どういうこと!?）

捨て丸には、意味がわからなかった。

「あんた、その刀は、伝説の二振りの剣のひとつ、八剣士の主たる天竜剣じゃ。天竜剣が、三位一体となるために仲間を呼んだのだ。しかも、その剣がはたらいたってことは、剣があんたをえらんだってことだ！」

老人がいった。

「で、でも、おれは、なにもしてないけど……」

捨て丸は首をかしげた。

「あんたではなく、天竜剣が呼んだのじゃよ。三位一体となる剣士の霊士をな……！」

「霊士？」

「霊士とは、ここには実体のない、魂の剣士じゃ。おそらく、星祭りの天の星々と、この磐座の星がかさなりあう力で、仲間の持つ神宝の力と、その天竜剣の力が、時空をこえ、呼び合ったのじゃ。……さらに、目覚めたその剣は、やがて、八剣士をも呼びよせるじゃろう……！」

そういって、老人は天の川星の磐座にひざまずいた。

「どうやら、あんたは、ほろぼされし一族のひとりじゃろう。そして、その一族は、今もどこかに生き残っている。……ありがたや。この乱世に、まだ彼らがいてくれたとは……！」

そういった老人に、寅吉はふくれっつらでつぶやいた。

「なんだよ……剣士になるのが、女の子の捨て丸なんてずるいよ！　おれが正義の剣士になりたかったのに……！」

「ほう、この子は女の子か？　いやいや、寅吉よ。正義とは、おのれが正しいと信じる者ではない。この世に縁ある者も、ない者も、すべての人を愛しむ心のことじゃ。いや、人ばかりではない、獣も虫けらも、あらゆる命を愛しみ、ゆえなく殺さず、命のかがやきを守ろうとする心こそが正義じゃ。その心を持つ者が、真の剣士なのじゃ」

老人は、寅吉の頭をくしゃくしゃとなで、「わしはのう、むかしから、おまえが剣士にふさわしい子どもじゃということを、よく知っておるぞ」と、いった。
「すべての命を愛しむ……」
捨て丸は、老人のことばをくりかえして、気がついた。
「そうかっ、そうだよ！　寅ちゃんなら剣士になれるよ！　だって、初めて会ったおれをたすけてくれたろ？　孤児のみんなだって、寅ちゃんのおかげで飢えないでいられるんだ！」
捨て丸がいうと、寅吉は、ガシガシ頭をかいた。
「そ、そうかなあ……」
「そうだよ、ぜったい！　……で、でも、おれたち、もう山賊の巣には帰れない。どうする？」
「ここにおればよい。剣のあつかいは、わしがさずけよう」
老人がいった。
「えっ、じいちゃんが⁉」
寅吉がおどろいた。

「ああ。わしは、これでも、昔は戦国武将じゃった。戦に敗れ、寅吉、おまえの両親に救われたんじゃ。百姓だったおまえの両親は、一度も剣を持ったこともなく、むごいことに、飢饉と戦にまきこまれて亡くなってしまったが、百姓にとっては、ただ憎いだけの落ち武者のわしを救ってくれたのも、おまえの両親じゃった。……それだけでも、正しき者とは、男女も、生まれも、身分さえもかかわりないとわかるじゃろう？」

そういって、老人は遠くを見るように、目を細めた。

「これまで、わしは、おまえの両親が死ぬまで、なんのお返しもできぬままじゃったが、どっこい、寅吉、おまえは生きている。生きて、今このとき、ここに在るということは、おまえこそが、何者にでもなれるのかもしれぬ。これからも、おのれの欲をとげるためではなく、生きとし生ける者すべての命を愛しみ、戦うなら、おまえはまぎれもなく、真の剣士となれるじゃろう。」

そういった老人に、捨て丸はたずねた。

「おじいさん。おじいさんは、いったい何者？」

「ほっほう、それは、おいおいわかるじゃろう。わしは、ここで待っておったのよ。ふたたび八剣士があらわれてくれる、この日をな……」

そういう老人の天上で、七夕の星空が、ゆっくりかたむこうとしていた。

◆作者より

『南総里見八犬伝』は、江戸後期の伝奇小説です。曲亭馬琴（滝沢馬琴）の大長編で、人間の姫君を慕った犬と、その姫君の悲しい死によって生まれた「八つの珠」に運命づけられた八人の剣士の愛と冒険の物語です。

わたしの作品には、この『南総里見八犬伝』から発想した『忍剣花百姫伝』（ポプラ文庫ピュアフル）シリーズがあって、今回の「星鏡の剣士」は、この『忍剣花百姫伝』の外伝として、戦国冒険ファンタジーの短編となります。

八犬伝のように、悪と戦う正義の剣士はすばらしいけれど、今、わたしたちの生きる現代では、正義とは何かをまちがってしまっては、正義の戦いが正義ではなくなってしまいます。個人や会社や国や、そんな小さなものだけの損得を考えるのではなく、この地球に生きとし生きるすべての命のために戦う、伝説の剣士の物語を書きたいと思った作品でした。正義とは、命への大きな愛とともにあるものなのです。

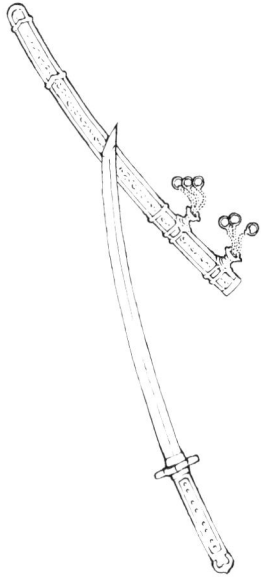

古典への扉

つかのまの夢のような

森川成美「墓場の目撃者」の主人公で語り手の「ぼく」の名前は、斗真です。「斗真」は「トム」を連想させますが、「作者より」にもあるように、物語は、マーク・トウェインの『トム・ソーヤーの冒険』をふまえています。斗真の友だちのセイも、トムの相棒のハックのイメージに重なってきます。岩波少年文庫（石井桃子訳）や福音館文庫（大塚勇三訳）で、『トム・ソーヤーの冒険』の「墓地の惨劇」の章を読むと、この「墓場の目撃者」も、いっそうおもしろくなります。

「小さな見張り人」の作者、**中川なをみ**は、「ホフマン物語」という夢の話を参考にしたと書いています。「ホフマン物語」は、フランスの作曲家、オッフェンバックの四幕のオペラで、一八八一年にパリで初演されました。三つの恋の物語で構成されているオペラですが、これは、主人公のドイツ・ロマン派の詩人、E・T・A・ホフマン自身が書いた三つの短編小説をもとにしています。ホフマンの三つの小説とは、「砂男」「クレスペル顧問官」「大晦日の夜の冒険」です。光文社古典新訳文庫の『砂男／クレスペル顧問官』（大島かおり訳）などで読むことができます。

濱野京子「青色のリボン」も、つかのまの夢のような物語です。未来の世界を描いていますが、中国の詩人、陶淵明の「桃花源記」がふまえられています。文が松居直、絵が蔡皋の絵本『桃源郷ものがたり』（福音館書店）が、「桃花源記」の理想郷を描き出しています。読んでみてください。

越水利江子「星鏡の剣士」は、作者自身の『忍剣花百姫伝』シリーズ（ポプラ文庫ピュアフル）の外伝として書かれました。作者は、江戸時代の滝沢馬琴の『南総里見八犬伝』から発想したシリーズだとしていますが、栗本薫が現代のことばで書いた『里見八犬伝』（講談社）などと合わせて読むと、さらに刺激的です。

（児童文学研究者　宮川健郎）

作者

森川成美

（もりかわ　しげみ）

大分県出身。『アオダイショウの日々』で小川未明文学賞優秀賞受賞。著書に『くもの　ちゅいえこ』『あめあがりのかさおばけ』『フラフラデイズ』『妖怪製造機』「アサギをよぶ声」シリーズなど。

中川なをみ

（なかがわ　なをみ）

山梨県出身。『水底の棺』で日本児童文学者協会賞受賞。著書に『四姉妹』『砂漠の国からフォフォー』『あ・い・つ』『龍の腹』『アブエラの大きな手』『有松の庄九郎』『茶畑のジャヤ』など。

濱野京子

（はまの　きょうこ）

東京都出身。『フュージョン』でJBBY賞、『トーキョー・クロスロード』で坪田譲治文学賞受賞。著書に『アギ―の祈り』『石を抱くエイリアン』『すべては平和のために』『バンドガール！』「レガッタ！」シリーズなど。

越水利江子

（こしみず　りえこ）

高知県出身。『風のラヴソング』で芸術選奨文部大臣新人賞、日本児童文学者協会新人賞、『あした、出会った少年　花明かりの街で』で日本児童文芸家協会賞受賞。著書に「忍剣花百姫伝」シリーズ、「恋する新選組」シリーズなど。

画家

黒須高嶺

（くろす　たかね）

埼玉県出身。イラストレーター、挿絵画家。児童書の仕事に『1時間の物語』『くりぃむパン』『五七五の夏』『日本国憲法の誕生』『幽霊少年シャン』『ふたりのカミサウルス』などがある。

装丁・本文デザイン　鷹觜麻衣子（たかのはし）
編集協力　宮田庸子

古典から生まれた新しい物語・冒険の話
墓場の目撃者

発　行　2017年3月　初版1刷
編　者　日本児童文学者協会
画　家　黒須高嶺
発行者　今村正樹
発行所　株式会社偕成社（かいせいしゃ）
〒162-8450　東京都新宿区市谷砂土原町3-5
TEL.03-3260-3221（販売部）　03-3260-3229（編集部）
http://www.kaiseisha.co.jp/
印　刷　三美印刷株式会社
小宮山印刷株式会社
製　本　株式会社 常川製本

NDC913　122p.　20cm　ISBN978-4-03-539620-8
©2017, 日本児童文学者協会
Published by KAISEI-SHA. Printed in Japan.

乱丁本・落丁本はおとりかえいたします。
本のご注文は電話・FAXまたはEメールでお受けしています。
TEL : 03-3260-3221　Fax : 03-3260-3222
e-mail : sales@kaiseisha.co.jp

時間をめぐる五つのお話

Time Story

タイムストーリー

全10巻

第一期

5分間の物語

1時間の物語

1日の物語

3日間の物語

1週間の物語

第二期

5分間だけの彼氏

おいしい1時間

消えた1日をさがして

3日で咲く花

1週間後にオレをふってください

日本児童文学者協会 編

©磯 良一